Rüdiger Schneider

Das wundersame Abenteuer des Selim Kalimba

In Tibet und Nepal und überhaupt im Himalaya gibt es noch Wunder. So auch in Kalimbistan, das als autarker Zwergstaat in Nepal dicht an der Grenze zu Tibet liegt. Ein fliegender Teppich ist hier nicht ungewöhnlich, so dass der bislang übliche Hinweis - ‚Personen und Handlung sind frei erfunden, Ähnlichkeiten oder gar Übereinstimmungen mit Namen rein zufällig.' – dieses Mal entfallen kann.

Rüdiger Schneider

Das wundersame Abenteuer des Selim
Kalimba

Erzählung

Bibliografische Information der Deutschen Nationalbibliothek: Die Deutsche Nationalbibliothek verzeichnet diese Publikation in der Deutschen Nationalbibliografie; detaillierte bibliografische Daten sind im Internet über http://dnb.d-nb.de abrufbar.

Herstellung und Verlag: BoD - Books on Demand, Norderstedt

ISBN: 9783738610567

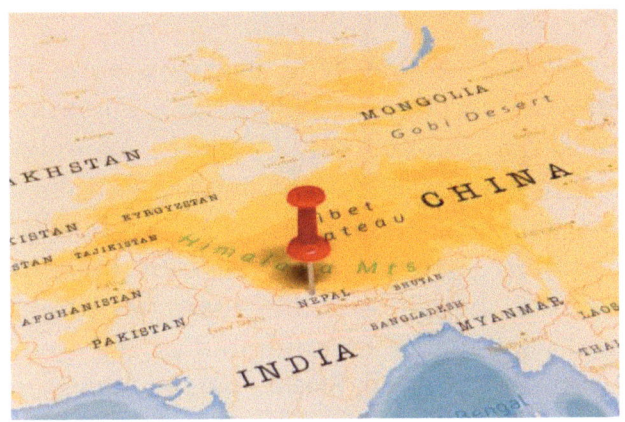

Kalimbistan

Palast

1

Es war im Jahr 1692, also zweihundert Jahre, nachdem Kolumbus Amerika entdeckt hatte, als Yussuf Kalimba beschloss, aus dem unter niederländischer Verwaltung stehenden Aruba auszuwandern. Aruba gehört zu den Kleinen Antillen, hat ein maritim-tropisches Klima und wäre eigentlich ein Paradies gewesen, hätte es höhere Berge gehabt. Yussuf Kalimba liebte hohe Berge, wollte dem Himmel näher sein, als man es neben mäßigen Hügeln konnte. Unter seiner Führung als Familienoberhaupt war der arabische Clan, der aus zwölf Frauen und drei Männern bestand, vor zwanzig Jahren von Spanien über Santo Domingo nach Aruba gekommen, war im beginnenden Goldrausch rasch reich geworden. Als Yussuf Kalimba eines Tages von den hohen, die Wolken durchstoßenden Gipfeln des Himalaya hörte, beschloss er, 72 geworden, noch einmal auszuwandern und erreichte nach einer beschwerlichen einjährigen Reise auf dem See- und dem Landweg Nepal. Dank der mitgebrachten Kisten voller Gold konnte er an einem majestätischen Bergmassiv an der Grenze zu Tibet einen Streifen Land erwerben, der sich hoch oben den Hang entlangzog. Hier ließ er von den Einwohnern des unten im Tal gelegenen Dorfes einen Palast und ein paar Häuser bauen. Auch kaufte er tiefer gelegene, von den Einheimischen bewirtschaftete Äcker, um nahrungsmäßig unabhängig zu sein. Als man ihm abriet, so zu wohnen, der Weg nach unten sei zu beschwerlich und er schon recht betagt, hatte er nur lässig abgewunken und gesagt:

„Ich bin von oben schneller unten als ihr im Dorf von Haus zu Haus geht."

Als die kleine Siedlung mit dem Prunkstück des Palastes nach zwei Jahren endlich fertig war, sahen die Einwohner, dass es stimmte. Neben dem Gold und den Frauen besaß Yussuf noch einen weiteren Schatz, und die Menschen im Dorf sahen, dass er eines Tages auf einem Teppich herangeflogen kam. Nun gehört das Magische und scheinbar Irreale zum Alltag der Tibeter und Nepalesen, so dass sie nur anerkennend nickten, sich aber nicht sonderlich verwunderten. Dem Alten und seinem Clan brachte es so viel Verehrung ein, dass er sein kleines Stück Land als eigenen Staat bezeichnen und mit eigener

Gesetzgebung behandeln durfte. Yussuf war unbescheiden genug, es nach sich selbst Kalimbistan zu benennen, und es gelang ihm sogar, diplomatische Beziehungen zu Lhasa und Kathmandu zu knüpfen. Ein Glück war auch, dass er mit dem Kauf des Landstreifens eine Goldader, von der bis dahin niemand etwas wusste, im Berg entdeckt hatte. Für viele Generationen, bis zur Gegenwart hin, warf das neben dem Handel, reichlich Gewinn ab.

Als der Alte mit 105 Jahren starb, ging die Regentschaft auf seinen Sohn Abdul über, der den Reichtum des Clans sowie die Anzahl seiner Mitglieder weiter vermehren konnte. Eine der besten Taten Abduls war es, einen Sessellift zum nepalesischen Dorf unten am Hang zu bauen, mit dem sowohl Personen wie auch Waren befördert werden konnten.

Nach Abduls Tod, er war ebenfalls über hundert geworden, kam Ali, der es auf 102 Jahre brachte – wir sind also jetzt schon im Jahr 1930 – und nach Ali gelangte Hakim, der Allweise, auf den Thron im Palast. Siebzig Jahre regierte er, ließ, weil der Clan stetig wuchs, weitere Häuser auf dem schmalen Hangstreifen bauen und übergab das Zepter mit Beginn des neuen Jahrtausends an seinen Sohn Arim.

Arim hielt sich weiter streng an die Gesetzgebung Kalimbistans, die unter anderem besagte, dass Handys, Computer und Fernsehapparate verboten waren.

„Wenn ihr fernsehen wollt", hatte Arim zu den Männern gesagt, „dann tretet vor euer Haus und guckt euch die schöne Umgebung an. Die sonnenbestrahlten, mit Schnee bedeckten Gipfel, das leuchtende Grün im Tal. Außerdem hat jeder von euch mindestens zwei schöne Frauen, die ihm viel Freude bereiten. Was braucht ihr so leblose, tote Apparate? Die Welt da draußen verdirbt euch nur, wenn ihr damit in Verbindung kommt. Außerdem befindet sich im Palast eine große Bibliothek, die ihr jederzeit benutzen dürft. Ein gutes Buch ist etwas Schönes und Heiliges. Mit seinen Seiten und Buchstaben liegt es sanft in eurer Hand und macht keine Anstalten, euch mit irgendeinem Unsinn, den ihr gar nicht hören oder sehen wollt, zu belästigen."

Insgesamt, was kulturelle Angelegenheiten betraf, riet er ab vom ‚American Way of Life', sagte: „Der Teufel wohnt bei den Amis. Überall mischen sie sich ein, wollen der Welt ihren Stempel aufdrücken mit dem lügnerischen Glanz Hollywoods und einer digitalen Tyrannei. Sie sprechen nur von Profit und Dollars. Die Männer dort müssen monogam leben, leiden unter Monotonie, langweilen sich und versuchen heimliche Wege. Euch geht es also gut. Ihr dürft so viele Frauen haben, wie ihr wollt und ernähren könnt."

Was an Kurzweil und Unterhaltung erlaubt war, waren Brettspiele, bevorzugt Schach, das Singen, Erzählen und Musizieren und ab und zu wurde eine folkloristische Tanzgruppe aus der Umgebung eingeladen. Die Frauen, waren sie nicht gerade mit einer Geburt beschäftigt, durften an allem teilnehmen und hatten ein erfülltes Leben.

2

Arim selbst hatte zwölf Frauen, darunter eine Französin, die als Touristin in das Dorf gekommen war. Sie hieß Celine und war seine Lieblingsfrau. Sie war 28 Jahre alt, groß, schlank, wunderschön und lachte gerne. Arim, der 32 Jahre älter war, hatte sie bei einem

Ausflug ins Dorf kennengelernt und in seinen Palast eingeladen. Sie hatte zunächst den Kopf geschüttelt, nach oben auf die hoch gelegene Siedlung gezeigt und gemeint: „Der Aufstieg ist mir zu beschwerlich und mit eurem wackligen Sessellift fahre ich nicht."

„Ach was!" hatte Arim geantwortet, den Teppich, den er zusammengerollt unter den Arm geklemmt hielt, auf dem Boden ausgebreitet. „Komm!" sagte er und hielt ihr einladend die Hand entgegen. Kaum war sie auf dem Teppich, murmelte Arim etwas. Der Teppich hob sich und Schwupps, ehe sie etwas sagen konnte, ging es durch die Luft in Windeseile nach oben.

Celine war davon so beeindruckt, dass sie blieb und fortan zu seinem Harem dazugehörte.

Den Teppich durfte nur er selbst benutzen und sein ältester Sohn Selim, der allerdings mehr und mehr zur Dekadenz neigte und seinem Vater Sorgen bereitete. Nicht selten betrank er sich unten im Dorf mit Tongba oder Chang, einem aus Milchkorn gebrautem Bier. Auch gab er sich dem Rauchen hin, stopfte sich die Pfeife mit starkem Shishoka-Tabak, der einen Beigeschmack von Zitrone und Holunder hatte. Einmal tauchte er im Palast auch mit einem Handy auf, das er im Dorf einem Einheimischen abgekauft hatte. Als Arim das sah, riss er es ihm aus den Händen, öffnete ein Palastfenster und schleuderte es den Hang hinunter.

„Du machst mir sehr viel Kummer, mein Sohn", sagte er. „Den lieben langen Tag liegst du auf einem Fell herum, stopfst dich mit Datteln, Trauben und Apfelsinen voll, rauchst dieses fürchterliche Kraut, lässt dich volllaufen mit Tongba und Chang und vernachlässigst gegenüber deinen Frauen deine Pflichten."

„Es sind ja nur vier", verteidigte sich der Sohn. „Und außerdem sind sie nicht so hübsch und temperamentvoll wie Celine."

„Wage es bloß nicht", sagte Arim in dunkler Vorausahnung, „sie anzurühren, wenn ich einmal nicht da bin."

Aber diese Worte waren in den Wind gesprochen. Schon längst hatte Selim ein Auge auf Celine geworfen, glaubte sogar, sich in sie verliebt zu haben. Und einmal, als der Vater mit dem Teppich zu einer diplomatischen Unterredung nach Kathmandu geflogen und für mehrere Tage und Nächte abwesend war, ging

Selim in Arims Haremsgebäude, sprach und scherzte mit Celine und lud sie ein auf sein Fell. Diese dachte nur: „Der Vater wird's erlaubt haben. Sie sind ja vom gleichen Fleisch und Blut." Eine ganze Nacht lang und auch den folgenden Tag gab sie sich Selim bereitwillig und nicht ohne Freude hin.

3

Nun hatte Arim aber einen Sekretär und treuen Diener, Hakim abd el Farrag, der beobachtet hatte, wie Selim in Arims Haremsgebäude geschlichen und mit Celine weggegangen war. Er ging nun auf leisen Sohlen zu Selims Raum, schob den Vorhang, der eine Tür ersetzte, ein wenig zur Seite und sah die Beiden, wie sie auf Selims Fell vertraulich miteinander waren. Diese waren so mit sich beschäftigt, dass sie von dem Lauscher nichts bemerkten.

Nach drei Tagen kam Arim auf dem Teppich zurückgeflogen und der Sekretär berichtete ihm sogleich von Selims Sündenfall.

„Oh, mein unseliger Sohn!" rief Arim aus und rang die Arme in die Höhe.

Sogleich schickte er den Sekretär zu Selim, damit der zu ihm käme. Selim kam auch sofort.

„Was hast du gemacht, Verwegener!?" rief Arim ihm entgegen.

„Was meinst du, Vater?"

„Du hast dich an meiner Lieblingsfrau vergriffen."

„Wer sagt das?"

„Hakim hat euch beobachtet. Leugne es nicht. Er sagt immer die Wahrheit."

„Ja, Vater, es stimmt", gestand Selim.

„Zur Strafe", tat Arim kund, „schicke ich dich für vier Wochen nach Deutschland, damit du weißt, wie schön du es hier hast und auf andere Gedanken kommst. Den Teppich brauche ich für längere Zeit nicht."

„Warum Deutschland?"

„Das magst du dort sehen."

„Schön, Vater. Dann lerne ich endlich einen anderen Teil der Welt kennen."

„Freue dich nicht zu früh!"

4

Darauf eilte Arim in das Harems-gebäude zu Celine.

„Unselige! Was hast du gemacht während meiner Abwesenheit!?"

„Was denn?"

„Du hast dich von meinem Sohn Selim verführen lassen."

„Ich dachte, du hättest die Erlaubnis dazu gegeben."

„Hat er das behauptet?"

„Nein."

„Aha! Du hast dir das gedacht. Du wolltest dir das denken."

„Ich bin nicht deine Leibeigene."

„Du bist undankbar. Ich lasse dich hier ein Leben in Luxus führen."

„Das berechtigt dich nicht, über mich zu bestimmen. Dein Sohn ist verständnisvoller."

„So? Ist er das? Er lungert den ganzen Tag herum, liegt auf der faulen Haut."

„Aber er hat wenigstens Verständnis für die Wünsche einer Frau."

„Sag bitte nicht, dass es schön war!"

„Doch! War es. Sehr sogar."

„Und mit mir weniger?"

„Nein. Aber wenn du zwölf andere Frauen hast, mit mir dreizehn, dann darf ich doch wohl zwei Männer haben."

„Ich sollte dich mit dem Teppich zurück ins Dorf bringen."

„Bitte! Aber nimm Selim mit."

Arim seufzte, atmete tief durch, betrachtete Celine. „Wie schön sie doch ist!" dachte er. „Irgendwie muss ich dieses Problem lösen. Ich weiß nur noch nicht wie."

5

Danach begab sich Arim zu seinem Sohn. Er fand ihn wie fast immer auf dem Fell liegend, Tongba- oder Changbier trinkend.

„Zieh dir unter den Kaftan warme Unterwäsche an!", befahl er. „Es geht nach Deutschland. Ich werde für dich ein Zimmer bei einer ganz normalen Familie buchen. Am besten in einem kleinen Ort ohne Kneipe, wo du dich nicht betrinken kannst. Du bekommst von mir genug Geld mit. Amerikanische Dollars. Die kannst du dort tauschen. Pack einen Reisesack und dann ab auf den Teppich!"

„Darf ich mir eine von meinen Frauen mitnehmen?"

„Nein. Sieh dich in dem deutschen Dorf um. Da gibt es auch Frauen."

„Sind die auch so schön wie unsere?"

„Weiß ich nicht. Ich war noch nie da. Vier Wochen ohne Frau wäre allerdings auch nicht schlecht. Da kommst du vielleicht auf andere Gedanken, als in meinen Haremsräumen herumzulaufen."

„In Ordnung, Vater. Ich packe sogleich meine Tasche und freue mich auf die Reise. Vier Wochen sind ja nicht so lang."

„Lange genug, denke ich. Und pass auf den Teppich auf. So etwas kennt man da nicht. Wenn sie bemerken, welche Eigenschaften er hat, werden sie ihn dir stehlen wollen."

„Ich werde nachts darauf schlafen. Und bin ich am Tage unterwegs, habe ich ihn zusammengerollt unter den Arm geklemmt."

„Gut so, mein Sohn. Kommt dir der Teppich abhanden, könntest du auch nicht mehr zurückkommen oder nur sehr beschwerlich mit einem der langsamen Fluggeräte, die sie dort haben."

6

„So mein Sohn", sagte Arim, als Selim den Reisesack gepackt hatte, „ein paar Einweisungen muss ich dir geben, bevor du in ein völlig fremdes Land kommst. Einen Reisepass brauchst du nicht. Du fliegst an Pass- und Zollkontrolle vorbei, hast damit nichts zu tun, landest direkt im Garten deiner Pensionsfamilie. Sie heißen ‚Wagner'. Du redest sie immer an mit ‚Herr Wagner' und ‚Frau Wagner'. Bei der Begrüßung küsst und umarmt man sich nicht wie bei uns, sondern reicht sich nur die Hand und schüttelt sie. Du landest in einem kleinen Dorf am Rhein. Das ist der größte Fluss in Deutschland. Der Ort hat den Namen ‚Brohl'. Fragen sie dich, mit welcher Linie du gekommen bist, sagst du ‚Lufthansa'".

„Sie verstehen unsere Sprache?"

„Natürlich nicht. Nepali wird dort niemand sprechen. Aber ich verrate dir jetzt noch eine weitere Eigenschaft des Teppichs. Wenn du ihn mit der Hand berührst, verstehst du alles und beherrschst auch selber die fremde Sprache. Manchmal aber überträgt der Teppich nicht ganz korrekt. Sei also achtsam."

„Wie soll das gehen, wenn ich die andere Sprache nicht kenne?"

„Du bemerkst das an der erstaunten oder erschrockenen Reaktion deines

Gesprächpartners. Dann musst du sagen: ‚Können Sie das bitte wiederholen!' Und zu dem Teppich flüsterst du ‚Korrektur!' Mir ist das leider auf der letzten Konferenz in Kathmandu passiert."

„Was denn?"

„Die chinesische Außenministerin hat mich gefragt: „Stimmen Sie mit mir überein?"

Der Teppich hat übersetzt: „Stemmen Sie mit mir herein?"

Ich habe nicht lange überlegt und spontan gesagt: „Ja gerne. Wo denn? In meinem Hotel oder in Ihrem? Da hat sie mich böse angeguckt und gesagt: ‚Was bilden Sie sich ein!?' Da habe ich gemerkt, dass etwas nicht stimmte, mich entschuldigt und sie gebeten, die Frage zu wiederholen."

Arim zuckte mit der Schulter, fuhr fort:

„Was soll ich dir sonst noch sagen? Ach ja, du hast Vollpension. Wenn sie dich fragen, was du essen möchtest, dann komme nicht mit unseren Spezialitäten, bitte nicht um Momos oder Pani Puri, sondern sage ‚Sauerkraut mit Kartoffel- püree und Würstchen'. Und überhaupt sagst du: ‚Ich liebe deutsches Essen.' Dann freuen sie sich über deine Anpassung und

Bescheidenheit. Und bei den Getränken sagst du nicht ‚Matcha-Tee' oder ‚Chai Masala', wie wir ihn hier kennen, sondern du wünschst dir schwarzen Tee oder Pfefferminze. Da ich weiß, dass du vom Bier kaum die Finger bzw. den Mund lassen wirst, verlange kein ‚Tongba' oder ‚Chang'. Das werden sie nicht haben. Du sagst: ‚Pils bitte!' Im Bierbrauen sollen die Deutschen gut sein. Wenn du dein verdammtes Shishoka rauchen willst, gehst du, auch wenn es kalt ist oder regnet, auf den Balkon oder in den Garten. Anders als bei uns unten im Dorf darfst du in den Restaurants und den Häusern nicht rauchen. Da sind sie sehr intolerant. Und pass auch auf, wenn du mit den Frauen redest. Sag bloß nicht, wie du es hier machst: ‚Hallo, Süße!' und flüstere irgendetwas Erotisches ins Ohr. Dann bekommst du eine Anzeige und musst vor den Richter."

„Warum ist das so?" fragte Selim erstaunt. „Die Frauen sollten sich doch darüber freuen, wenn man so etwas sagt."

„Ja, schon. Aber die sind da anders. Erklären kann ich mir es auch nicht. Also zügel deinen Mund. Mache keine unachtsamen Komplimente oder Annäherungsversuche."

„Sie sind aber sonst normal?"

„Weiß ich nicht. Ich habe das alles nur gehört. Wie gesagt: Ich war noch nie da. Aber du wirst ja sehen. So wie wir das hier machen, geht das auf keinen Fall. Unsere freuen sich. Aber dort darfst du einer Unbekannten niemals ins Ohr flüstern: ‚Deine Brüste sind wie kostbare Granatäpfel und dein Schoß ist hungrig."

„Hmm", meinte Selim. „Das trübt mir natürlich den Aufenthalt."

Kaum war die Unterweisung beendet, da trat Arim mit seinem Sohn und mit dem zusammengerollten Teppich vor den Palast, breitete den Teppich auf dem Boden aus, befahl „Selim, setz dich!"

Dann beugte er sich ganz nah an den Rand des Teppichs, so dass er ihn fast mit dem Mund berührte, flüsterte das Kennwort, in das auch Selim eingeweiht war: „Lütfen hizmet edin!" – Bitte, diene mir - und gab das genaue Ziel an.

Um 15 Uhr hob der Teppich ab. So schnell, dass Arim ihm noch nicht einmal nachsehen konnte. Um 10.30 Uhr, am selben Tag noch, Deutschland lag zeitlich fün Stunden zurück, landete Selim nach einem halbstündigen Flug im Brohler Garten der Familie Wagner.

7

Sich umsehend hockte er im Buddhasitz mit übereinander geschlagenen Beinen noch auf dem Teppich, der mitten auf dem Rasen gelandet war, betrachtete die im Spalier stehenden Bäume, die der Jahreszeit entsprechend, es war Februar, kahl waren. Dann warf er einen Blick auf das Haus, dachte: „So bunt und schön wie bei uns ist es nicht. Aber es sind ja nur vier Wochen."

Im Haus, im Wohnzimmer, saßen Herr und Frau Wagner, warteten auf den Gast, den Arim, kundig des Zeitunterschiedes und wohl wissend, wie schnell der Teppich war, für den Vormittag angekündigt hatte.

„Nun ja", meinte Fritz Wagner, „er wird wohl bald kommen." Er sah auf die Uhr, stand auf und warf einen zufälligen Blick auf die Terrasse und weiter in den Garten.

„Du, Karin, da sitzt jemand auf unserem Rasen. Ich glaube der sitzt auf einem Teppich. Ein Araber. So ist er jedenfalls gekleidet. Er hat auch einen Sack dabei. Könnte er das sein? Warum klingelt er denn nicht? Das ist sehr seltsam."

Karin Wagner stand auf, sah ebenfalls durch das Fenster in den Garten, bestätigte: „Ja, das könnte er sein. Ich weiß auch, warum er da erst im Garten sitzt und nicht geklingelt hat."

„So? Du weißt das? Warum denn?"

„Er ist ein Araber. Selim Kalimba, so heißt er, klingt doch arabisch. Der Teppich ist ein Gebetsteppich. Er bedankt sich für eine gute Ankunft oder betet für eine gute Zeit hier. Darum hat er noch nicht geklingelt, ist durch das Gartentor gegangen und hat sich mit dem Teppich erst einmal auf den Rasen gesetzt. Geh und hole ihn rein! Er soll da draußen doch nicht frieren. Seine Gebete kann er auch auf seinem Zimmer verrichten. Wir müssen da tolerant sein."

„Wie du meinst."

Fritz Wagner öffnete die Terrassentür, ging hinaus, ging auf Selim zu.

„Selim Kalimba?" fragte er.

Selim sah ihn an, sagte nichts, stand auf, rollte den Teppich zusammen, klemmte ihn unter den Arm, berührte ihn mit der

Hand, fragte: „Herr Wagner, was haben Sie gesagt?"

„Sie sind Selim Kalimba?"

„Ja, Herr Wagner."

„Sie hatten einen guten Flug?"

„Ja, Herr Wagner. Mit Lufthansa."

„Dann kommen Sie doch bitte herein."

Selim schulterte seinen Reisesack, den er auf dem Rasen abgestellt hatte, folgte Fritz Wagner ins Wohnzimmer.

„Das ist Karin, meine Frau", sagte Wagner.

Selim nickte, nahm die Hand, die sie ihm reichte, schüttelte sie.

„Willkommen bei uns in Brohl, Herr Kalimba", begrüßte ihn Karin Wagner.

„Ebenfalls willkommen!" sagte Selim.

„Ich zeige Ihnen erst einmal Ihr Zimmer. Dann können Sie sich frisch machen nach dem langen Flug und kommen dann zu uns herunter zu einer Tasse Tee oder Kaffee. Gewiss haben Sie auch Hunger. Mit welcher Linie sind Sie denn gekommen?"

„Mit Lufthansa", kam Fritz Wagner Selim zuvor.

Der öffnete den Reisesack, zog ein Bündel Dollarnoten heraus.

„Ich bezahle Sie für den ganzen Monat. Wieviel Dollar bekommen Sie?"

„Dollar? Wir bezahlen hier mit Euro."

„Oh, davon hat mein Vater mir nichts erzählt."

„Das macht doch nichts", sagte Karin Wagner. „Wir rechnen das um oder ich fahre Morgen mit Ihnen zur Volksbank. Dort können Sie das umtauschen. Das macht für einen Monat 1200 Euro. Dollar und Euro sind ungefähr gleich. Aber kommen Sie! Sie haben das Zimmer oben. Mit eigenem Bad und Toilette und es hat auch einen Balkon, wenn Sie rauchen wollen. Ihr Gebet, falls mein Mann Sie unterbrochen hat, können Sie dort oben fortsetzen."

„Gebet?" fragte Selim.

„Ihr Gebet auf dem Teppich. Das ist doch Ihr Gebetsteppich?"

„Ja", antwortete Selim.

8

„Findest du nicht", fragte Fritz Wagner seine Frau, als sie Selim nach oben begleitet hatte, „dass unser Gast ein bisschen seltsam ist? Sitzt da auf einem

Teppich im Garten. Der muss doch wissen, wo sich eine Klingel befindet."

„Er wollte erst einmal beten und sich umsehen. Auf jeden Fall ist er sehr höflich. Wenn unser Gast fromm ist, ist das doch kein Nachteil. Dann ist er bestimmt auch sehr ruhig. Außerdem ist er ein recht hübscher, junger Mann."

„So? Das hast du also schon bemerkt? Wann hast du zu mir das letzte Mal gesagt, dass ich hübsch bin? Ich erinnere mich nicht."

„Ach, Fritz! Wir sind seit dreißig Jahren verheiratet. Da sagt man das nicht täglich. Außerdem stimmt es nicht mehr."

„Danke. Du bist sehr direkt. Seltsam auch, dass er die ganze Monatsmiete in Dollar bezahlen will. Er hätte doch im Flughafen umtauschen können. So macht man das doch."

„Ich werde Morgen mit ihm zur Volksbank nach Bad Breisig fahren. Außerdem könnten wir auch selber die Dollar in Euro umrechnen. Jetzt stehen aber erst einmal andere Dinge auf dem Programm. Unser Gast hat gewiss Hunger. Du musst noch ein paar Sachen einkaufen. Ich frage ihn gleich, was er gerne isst und trinkt. Dann schreibe ich dir das auf einen Zettel und du fährst los."

„Warum immer ich?"

„Weil du seit einem Jahr Rentner bist und Zeit hast."

„Vorher musste ich das auch immer tun. Nicht erst seit der Rente."

„Na und? Schadet es etwa, wenn der Mann seiner Frau Arbeit abnimmt?"

„Nein, natürlich nicht. Ich mache es ja."

„Dann doch bitte, ohne zu murren!"

„Ist ja schon gut. Geh und frage ihn, was er essen und trinken will. Wo kommt er eigentlich her? Du hast ja die Buchung entgegengenommen."

„Aus Kalimbistan."

„Wo ist das denn?"

„Irgendwo im Himalaya."

„Oh je! Hoffentlich will er kein Yakfleisch oder sonst etwas Absonderliches. So etwas hat ‚Edeka' nicht."

„Warte ab, bis ich den Einkaufszettel geschrieben habe und zerbrich dir nicht schon vorher den Kopf."

„Den kann man sich aber zur Zeit zerbrechen. Alles ist teurer geworden. Hast du die Heizung oben herunter gedreht? Auch da sind die Kosten höher geworden."

„Nein, habe ich nicht. Er soll es warm haben. Außerdem stecken die höheren Wasser- und Heizungskosten schon im Pensionspreis. Den habe ich, verglichen mit dem Vorjahr, natürlich erhöht."

„Gut, dass du an so etwas denkst."

„Ja, einer muss hier im Haus das Zepter in die Hand nehmen."

9

Karin Wagner eilte nach einer Weile nach oben, klopfte an Selims Tür. Der aber hatte den Teppich gerade beiseite gelegt, stand unter der Dusche. Als er das Klopfen hörte, rief er spontan auf Nepali: „Bir dakika lütfen!" – Augenblick bitte!

Sie verstand nicht, drückte aber nach einem Moment des Zögerns die Klinke, öffnete, betrat das Zimmer. Da stand er in all seiner Pracht im Raum, trocknete sich mit einem Handtuch ab.

„Oh!" sagte sie, „Entschuldigung. Ich komme gleich wieder." Sie drehte sich um, nicht ohne einen verstohlenen Blick auf ihn geworfen zu haben und zu denken:

„Der hat ja gar keinen Bauch so wie Fritz. Ein schöner Mann."

In der Tat war Selim schlank wie eine Tanne trotz der fortwährenden Schlemmerei auf dem Fell. Das lag an der frischen Luft im Himalaya und an gewissen sportlichen Betätigungen, denen er tagsüber und des Nachts nachging. Mit 32 hatte man noch Kondition.

Unten angekommen bemerkte ihr Mann: „Das ging aber schnell."

„Er ist noch nicht so weit", entgegnete sie. „Er packt erst den Reisesack aus. Ich gehe gleich noch einmal hoch."

Das aber musste sie nicht. Nach fünf Minuten erschien Selim unten im Wohnzimmer, hatte den Teppich unter den Arm geklemmt, die Hand darauf gelegt, fragte die Frau:

„Was wünschten Sie von mir? Ich stand gerade unter der Dusche."

Fritz Wagner runzelte die Stirn, warf einen fragenden Blick auf seine Frau, sagte aber nichts.

„Ich wollte nur wissen, was Sie gerne essen. Dann kann mein Mann das einkaufen."

Selim erinnerte sich an die Worte des Vaters und antwortete: „Kartoffelpüree mit Sauerkraut und Würstchen. Ich liebe deutsches Essen."

„Oh, das freut mich", bemerkte Herr Wagner. „Da kann ich ja ganz normal einkaufen. Und was wollen Sie trinken?"

„Pils bitte! Im Bierbrauen sollen die Deutschen gut sein."

„Probieren Sie doch einmal einen Wodka dazu", schlug Fritz Wagner vor, der eine treffliche Gelegenheit witterte, mit dem Gast zusammen endlich einmal etwas Stärkeres zu sich nehmen zu können.

„Untersteh dich!" fuhr ihm seine Frau in die Parade. „Es kommt mir kein Wodka ins Haus."

„Hier bestimmt die Frau?" entfuhr es Selim spontan. „Das ist bei uns aber anders."

„Tja, Herr Kalimba", meinte Fritz Wagner, „andere Länder, andere Sitten. Hier haben die Frauen die Hosen an. Also kein Wodka. Aber wenigstens ein leckeres Pils und heute nicht dieses alkoholfreie 0,0-Gesöff."

10

Um Sieben stand das Essen auf dem Tisch. Kartoffelpüree mit Würstchen und Sauerkraut. Selim, der den Teppich auf dem Schoß liegen hatte und ihn mit der linken Hand berührte, während er einhändig und ohne Gabel die Wurst schnitt, fand es gar nicht so schlecht. Es schmeckte ihm, vor allem, wenn man auf die Wurst einen Streifen Senf drückte. Das Bier war passabel. Auch wenn es, was für ihn ungewohnt war, kalt getrunken wurde. Tongba und Chang nahm man in Kalimbistan heiß wie Kaffee zu sich.

Er bedankte sich für das Essen, wollte nach oben auf sein Zimmer gehen, aber Karin Wagner sagte: „Gucken Sie doch mit uns die ‚Tagesschau'! Sie müssen nicht alleine auf Ihrem Zimmer sein. Den Teppich können Sie ruhig dort lassen. Hier kommt nichts weg, falls Sie das befürchten."

Damit brachte sie Selim in einige Verlegenheit. Was sollte er sagen? Er verstand, dass sich seine Gastgeber verwunderten, wenn er immer einen Teppich dabeihatte.

Er räusperte sich umständlich, erklärte schließlich: „Wissen Sie, der Teppich, er stammt von meinem Ur-Ur-Großvater, ist so etwas wie ein Talisman, ein großes Amulett. Wir im Himalaya glauben noch an Schutzgeister. Und der schützende Geist meines verehrten Ahnen wohnt in dem Teppich. Habe ich mit dem Teppich Kontakt, habe ich ihn auch mit diesem Vorfahren. Er war ein trefflicher Mann, hat Kalimbistan gegründet und war der erste Präsident. Es mag Ihnen seltsam vorkommen, aber für mich ist es normal, mit einem Teppich unterwegs zu sein und ihn immer bei mir zu tragen."

„Ja, verstehe ich", meinte Karin Wagner, während ihr Mann dachte: „Sie hat wieder ihre esoterischen Anwandlungen. Ich verstehe das nicht. Hätte es für so etwas nicht ein kleines Halstuch getan oder ein richtiges Amulett? Immer mit einem Teppich rumlaufen! Und dann auch noch mit einem so großen, auf dem man bequem liegen konnte. Aber bitte! Andere Länder, andere Sitten. Dann hatte dieser merkwürdige Gast eben immer einen Teppich dabei. Egal, wo er war oder was er tat. Sympathisch war, dass er beim Essen öfter darum gebeten hatte, ihm das

Glas nachzufüllen. Was Fritz Wagner unter den missbilligenden Blicken seiner Frau auch bei sich selbst tat. Und den Teppich verzieh er dem Gast endgültig, als dieser darum bat, in den Garten gehen zu dürfen, um eine Shishoka-Pfeife zu rauchen. Fritz Wagner sagte: „Ich komme mit." Draußen kehrte er dem Wohnzimmerfenster den Rücken zu, zog ein Päckchen Zigaretten aus der Hosentasche und zündete sich einen Glimmstengel an. Dabei sah er hin und wieder verstohlen zum Haus hin, ob Karin etwas bemerkte.

„Wie ist das denn bei Ihnen in Kalimbistan", begann er ein Gespräch. „Müssen die Männer da auch einkaufen und dürfen nicht trinken oder rauchen?"

„Nein", sagte Selim. „So etwas kennen wir nicht."

11

Die ‚Tagesschau' erschreckte Selim. Vor allem, weil Karin Wagner gesagt hatte:

„Das sehen wir mehrmals täglich. Man muss informiert sein."

So saß er da, auf einem Sofa, mit dem Teppich auf dem Schoß, und starrte auf den Bildschirm. Sicher, er kannte diese Apparate aus dem Dorf. Einer stand in der Bar, die er ab und zu, wenn der Vater den Teppich nicht brauchte, besuchte. Da sah man Folklore, lustige oder romantische Filme aus dem indischen Bollywood. Und immer wieder konnte man wunderschöne Frauen betrachten. Jetzt aber zogen zuerst Bilder von einem Krieg vorbei, zerstörte Häuser, fliegende Raketen, schießende Soldaten, leidende Menschen. Als dieser Bericht vorbei war, redete ein Mann, der aussah wie ein verspäteter Schüler, warnte vor einem neu entdeckten Circo-Virus und riet dazu, wieder eine Maske zu tragen. Auch solle man in den Supermärkten nicht mehr so offen alkoholische Getränke anbieten.

„Wer ist das?" fragte Selim.

„Das ist unser Gesundheitsminister", antwortete Karin Wagner. „Er kümmert sich um uns."

Danach wurde eine Frau interviewt, die scharf und energisch redete, gegen Angriffe auf die Polizei wetterte, vom Schutz der Demokratie sprach. Eine andere informierte über Panzer-lieferungen, ein Mann mahnte zum Energiesparen und zum Klimaschutz.

Sonst stünde man bald vor einer den Globus vernichtenden Erwärmung. Bei all den Bildern und dem Gesprochenem hatte Selim den Eindruck von etwas die Zukunft Bedrohendem, etwas Angst und Sorge Einflößendem. Schließlich kam noch ein Minister, dem man einen Wald von Mikrophonen entgegenhielt und der sich mit einem Taschentuch den Schweiß von der Stirn wischte. Reporter fragten ihn, wie er zu seiner Entlassung stünde.

„Was hat er angestellt?" wollte Selim wissen.

„Er ist über ‚Me-too' gestolpert", sagte Karin Wagner.

„Was ist das?"

„Wenn man Frauen beleidigt mit sexuellen Übergriffen."

„Er hat eine Frau vergewaltigt?"

„Nein, das nicht. Er hat morgens zur Begrüßung, als er ins Büro kam, zu seiner Sekretärin gesagt: „Hallo Süße!"

„Ist das so schlimm?" hatte Selim gefragt. „So etwas sagen wir unseren Frauen täglich. Oder so ähnlich. Die lächeln und freuen sich darüber."

„So etwas macht man aber nicht", hielt Karin Wagner dagegen. „Das ist respektlos. Was meinen Sie mit ‚unseren Frauen'? Sind Sie verheiratet?"

„Nein, aber ich habe vier Frauen. Der Vater dreizehn."

Fritz Wagner verzog das Gesicht zu einem Grinsen.

„Wir sprechen uns noch!" sagte seine Frau zu ihm.

Danach kam das Wetter. „Morgen zwei Grad, vereinzelt Regen, aber gelegentlich kämpft sich die Sonne durch. Achten Sie auf regionales Glatteis und fahren Sie vorsichtig!"

„Hatte der Vater nicht recht, wenn er in Kalimbistan keine Fernsehapparate wollte?" dachte Selim und drückte den Teppich fester auf seinen Schoß. „Wenn man so etwas wie hier in Deutschland täglich sah, musste man da nicht depressiv werden und sich vor der Zukunft fürchten? Diese Nachrichten, die man mehrmals täglich serviert bekam, hatten etwas Bedrückendes, Lähmendes. Fröhlich stimmten sie auf keinen Fall."

In der Nacht lag er alleine in einem schmalen Bett, hatte spät Schlaf gefunden und gegen Morgen schlecht geträumt.

12

Schon am zweiten Tag begann er, sich nach Kalimbistan zu sehnen, dachte an sein Fell, die lustigen Ausflüge ins Dorf, die Buntheit der Kleidung, das quirlige Treiben auf dem Markt, das knisternde Feuer im Kamin, den herrlich blauen Himmel, die Freude der Frauen, wenn er zu ihnen kam und sie mit einem fröhlichen „Merhaba, canlarim!" – Hallo, ihr Süßen! – begrüßte.

Für etwas Kurzweil sorgte allein Fritz Wagner, mit dem er bald auf ,Du und Du' war. Sie trafen sich immer öfter im Garten. Selim rauchte eine Shishoka-Pfeife, Fritzens Zigarettenpackung war bald leer.

„Er hat einen schlechten Einfluss auf dich", beklagte sich seine Frau Karin. „Du trinkst richtiges Bier, und bald ist es wieder so weit, dass du eine Zigarette an der anderen anzünden wirst."

„Na und?" meinte Fritz Wagner mit etwas Trotz in der Stimme, „immerhin fahre ich noch einkaufen."

„Das ist auch das Mindeste, was du zu meiner Unterstützung tun kannst", war ihr Kommentar. „Ansonsten scheinst du dich zu einem Macho hin zu entwickeln, der gewisse Regel nicht mehr achtet."

„Das ist euer ewiges Dilemma", knurrte er. „Gilt man als Macho, wird man bekämpft. Ist man keiner, wird man als langweilig empfunden."

„Von wem hast du das denn? Von Selim?"

„Nein, von mir selbst. Ihr lehnt einen Macho ab. Insgeheim aber, ist euer weiblicher Instinkt noch halbwegs in Ordnung, begehrt ihr ihn. Meinst du, ich bekomme nicht mit, wie du unseren Gast manchmal ansiehst?"

„Dir ist der Umstieg von 0,0 Promille auf 4,8 in den Kopf gestiegen", schimpfte Karin.

Ab und zu nahm er Selim zum Einkauf bei Edeka oder Aldi im nahen Bad Breisig mit. Selim wunderte sich, wie ernst die Leute waren, so als stünde etwas Schlimmes, Besorgnis Erregendes bevor. Manche hatten schon wieder Masken im Gesicht wegen des angekündigten Circo-Virus und der Mahnung des Gesundheitsministers. Die Frauen trugen fast alle Hosen und schienen ihm, verglichen mit Kalimbistan, weniger feminin zu sein. Nur ab und zu sah er eine

Ausnahme. Dann überlegte er, ob er die Frau ansprechen sollte. Aber die Warnung seines Vaters klang ihm in den Ohren, und er hatte auch das Bild des armen Mannes noch vor Augen, der ‚Hallo Süße!' gesagt hatte. Er unterließ jeden Annäherungsversuch, wagte es auch nicht, durch irgendeinen ‚Zufall', etwa ein Zusammenstoß mit den Wägelchen, eine Bekanntschaft herbeizuführen.

Einmal fragte er Fritz: „Gibt es hier irgendwo die Möglichkeit zu tanzen?"

„Aber ja", antwortete Fritz. „In einer Weinstube in Bad Breisig, wohin wir zum Einkaufen fahren. Da steht sogar ein Schild an der Tür: ‚Enge Tanzgelegenheit'."

„Das klingt gut", meinte Selim. „Vielleicht lerne ich da ja eine Frau kennen. Die Nächte alleine sind ziemlich öde."

„Die Damen dort werden zu alt für dich sein", wandte Fritz ein.

„Ach was! Die Schönheit einer Frau ist zeitlos. Kommst du mit?"

„Nein, lieber nicht. Karin würde das nicht gerne sehen. Ich habe im Moment schon genug Probleme. Ich sage dir aber, wo das ist. Es ist leicht zu finden, ziemlich nahe am Rhein. Aber ich denke, du fährst mit dem Taxi. Du sagst zu dem Fahrer nur ‚Weinstube mit dem singenden Wirt'. Der weiß dann Bescheid. Den Teppich lässt du besser hier. Da kannst du schlecht mit tanzen."

Fritz machte auf einmal ein trauriges Gesicht, legte die Stirn in Falten, sagte dann: „Eigentlich schade, dass ich nicht mitkommen kann. In ein paar Tagen, am Donnerstag, ist nämlich Altweiber-fastnacht. Da geben sich die Frauen außer Rand und Band und sind ziemlich lustig. Trägt man eine Krawatte, schneiden sie die einem ab."

„Altweiberfastnacht? Was ist das?"

„So eine Art Vorspiel zum deutschen Karneval. Du hast davon schon gehört?"

„Nein."

„Da verkleiden sich die Menschen. Du fällst gar nicht besonders auf. Entschuldigung, das ist nicht abfällig gemeint. Sie werden dich für einen verkleideten Deutschen halten oder wegen deinem Akzent für irgendeinen Ausländer, der Deutsch sprechen kann. Du wirst gute Chancen haben. Vor allem wegen deines noch jugendlichen Alters. Das findet sich selten in der Weinstube."

„Was haben wir heute für einen Tag?"
fragte Selim.

„Montag."

„Schön. Dann bin ich am Donnerstag in
dieser Stube."

13

Am Donnerstagabend ließ er sich von
Fritz ein Taxi rufen, wollte schon mit dem
Teppich unterm Arm einsteigen, aber Fritz
hielt ihn zurück.

„Warte! So kannst du doch nicht
tanzen! Wie ich dich inzwischen kenne,
willst du das aber versuchen. Tu das Ding
wenigstens nach hinten."

Er eilte ins Haus, kam nach kaum einer
Minute mit einem Gürtel und schnallte
Selim den Teppich auf den Rücken.

„So, jetzt kannst du die Dame an dich
drücken. Viel Spaß, du Kameltreiber!"

Er winkte dem Taxi nach, ging zurück
ins Haus, wo Karin an einem Fenster stand
und beobachtet hatte, ob er nicht doch
eingestiegen war.

Vor der Weinstube, aus der ihm Gesang
und Gelächter entgegenschlug, blieb Selim
erst einmal draußen, stellte sich an einen

kleinen, runden Tisch, auf dem ein Aschenbecher stand und stopfte sich eine Shishoka-Pfeife. Er blies ein paar Kringel in die Luft und war unschlüssig, ob er hineingehen sollte. Da kam eine vollschlanke Blonde von etwa 60 Jahren heraus, stellte sich neben ihn, zündete sich eine Zigarette an.

„Oh, ein Araber", sagte sie. „Teppichhändler?"

„Pilot", antwortete Selim.

„Astronautin. Zweimal Mond und einmal Jupiter", gab die Frau schlagfertig zurück, sagte, nachdem sie die Zigarette geraucht hatte:

„Komm, Junge! Setz dich zu mir an den Tisch! Ich bin die Rita."

„Selim aus Kalimbistan", stellte er sich vor.

„Humor hast du ja schon mal", stellte die Blonde fest. „Komm!"

Sie führte ihn an einen Tisch, an dem auch noch andere, schon ältere Frauen saßen. Eine rief: „Ach, was für ein süßer Araber!"

„Nix da!" sagte Rita. „Das ist meiner. Der kommt gar nicht erst zwischen euch. Wir tanzen. Da kommt nämlich jetzt ‚Mambo number five' von Lou Bega.

Bestell ich mir. A little bit of Monica in my life, a little bit of Erica by my side, a little bit of Rita all night long."

Sie tanzte flott und temperamentvoll, meinte nur: „Dich kann man gar nicht richtig umfassen wegen dem Ding da hinten. Willst du es nicht ablegen?"

„Auf keinen Fall!" sagte er. „So ein Fluggerät lässt man nicht im Stich."

„Verstehe, gehört zu deiner Verkleidung."

Nach dem Tanz führte sie ihn in einen flurähnlichen Nebenraum, wo ein langer Biertisch stand mit einer Bank. Da waren noch ein paar Plätze frei. Selim, als die Bedienung kam, bestellte sich ein Pils und einen Wodka, fragte sie: „Und du? Du bist eingeladen."

„Auch. Pils und Wodka."

Als die Getränke auf dem Tisch standen, stießen sie mit den Wodkagläsern an. Selim sagte: „Serefe. Güzel bir aksam icin. Prost. Auf einen schönen Abend."

Er fand sie sympathisch, frech und lustig. Sie fragte: „Wo kommst du denn wirklich her? Einen Akzent hast du ja."

„Aus Kalimbistan. Sagte ich doch. Liegt in Nepal, an der Grenze zu Tibet. Ein sogenannter Zwergstaat."

„Ja, ja", meinte sie. „Und mich hat man am Kongo gefunden."

Ab und zu gingen sie raus, stellten sich an den Rauchertisch. Drinnen bestellten sie noch fünfmal ein Gedeck. Als er nach zwei Stunden bezahlt hatte, und sie nach draußen gingen, wollte sie sich von ihm verabschieden.

„Danke, mein Herr! War schön."

„Ich kann dich auch nach Hause bringen", sagte er.

„Nein danke, ist nicht weit."

„Wir können mit dem Teppich fliegen. Das ist doch viel bequemer."

Er löste den Gürtel, breitete den Teppich auf dem Boden aus. „Komm, versuch es! Der fliegt wirklich."

„Witzbold!" sagte sie und stellte sich, wie um ihm das Gegenteil zu beweisen, auf den Teppich.

„Jetzt musst du mir nur noch deine Adresse sagen. Setz dich! Sonst fällst du runter."

Sie setzte sich, sagte: „Rheintalstraße 45. Das hilft dir aber nicht, weil du meinen Nachnamen nicht kennst."

Selim beugte sich tief an den Rand des Teppichs, murmelte, wie ihn der Vater gelehrt hatte, das Kennwort und fügte hinzu „Rheintalstraße 45, hier in Bad Breisig."

Kaum hatte er das gesagt, hob sich der Teppich und landete, kaum, dass zwei Sekunden vergangen waren, in der Rheintalstraße vor dem Haus mit der Nummer 45.

Sie saß mit offenem Mund auf dem Teppich, fasste sich an den Kopf, stieß hervor: „Nein, das gibt es nicht! Ich habe zuviel getrunken. Das ist unmöglich."

„Doch, das gibt es!" sagte Selim. „Du siehst es ja. Erzähle es niemandem! Aber das glaubt dir hier sowieso keiner."

Nach ein paar Minuten, in denen sie ab und zu noch den Kopf schüttelte, stand sie auf, ging zur Haustür, steckte den Schlüssel ins Schloss, drehte sich zu ihm um und sagte:

„Roll den Teppich zusammen und komm! Wer so schön fliegen kann, kann auch gut vögeln."

14

Aber dazu kam es nicht. Rita ging, immer noch den Kopf schüttelnd, die Treppe hoch, Selim mit dem zusammengerollten Teppich unter dem Arm hinter ihr her. Im ersten Stock schloss sie die Wohnungstür auf, brauchte mehrere Versuche, ging in ihr Schlafzimmer, legte sich angezogen auf das breite, französische Bett, das von einem Baldachin überdeckt war, und schlief augenblicklich ein. Eine Zeit lang stand Selim davor, hob schließlich die Schulter, dachte: „Dann eben nicht!" Er legte sich angezogen neben sie, schob den Teppich zwischen sich und Rita und schlief ebenfalls sofort ein.

Mit dem ersten Morgenlicht wurde sie wach, fühlte den Teppich neben sich, tastete ihn verwundert ab, drehte den Kopf und sah Selim, der noch schlief. Sie überlegte, wer das sein könnte. Die Erinnerung an den Abend kehrte zurück. Sie rüttelte an dem Mann aus Kalimbistan, sagte: „He, Teppichhändler, werde wach!"

Der öffnete, auf dem Rücken liegend, die Augen, erblickte den Baldachin, drehte sich, erblickte Rita. Auch bei ihm kam jetzt die Erinnerung zurück. Er legte die Hand auf den Teppich, fragte:

„Ja, was ist?"

„Haben wir oder haben wir nicht?" wollte sie wissen.

„Du bist doch noch vollständig bekleidet. Wir haben nicht."

„Halleluja", meinte sie, „ich weiß gar nicht mehr, wie ich hierhin gekommen bin, erinnere mich nicht mehr an ein Taxi oder einen Weg zu Fuß, habe aber von einem fliegenden Teppich geträumt."

„So etwas gibt es nicht", sagte Selim.

„Ja, ich weiß. Ich mache jetzt erst einmal Kaffee für uns."

Sie stand auf, ging in die Küche, rief ihm nach einer Weile zu: „Komm ins Wohnzimmer! Der Kaffee ist fertig."

Er rappelte sich hoch, klemmte den Teppich unter den Arm, fand sofort das Wohnzimmer, setzte sich zu ihr an den Tisch.

„Altweiberfastnacht ist vorbei", sagte sie. „Du musst den Teppich nicht mehr festhalten."

„Ich habe ihn aber lieb."

„Du bist verrückt. Dann lege ihn wenigstens auf den Schoß."

Er sah sich zu einer Erklärung, einer Ausrede genötigt und erzählte: „Ich habe früher unter schlimmem Stottern gelitten. Dann habe ich einmal diesen Teppich berührt und das Stottern war vorbei."

„Ach ja?" kommentierte sie. „Ist wohl eine Art Mutterersatz. Aber komisch ist es schon."

15

„Was machen wir jetzt?" fragte Selim, nachdem er den Kaffee ausgetrunken hatte.

„Du fährst jetzt erst einmal hübsch nach Hause, Junge!" sagte sie. „Aber du darfst heute Abend wiederkommen. Ich mache uns etwas zu essen. Was hättest du denn gerne?"

„Kartoffelpüree mit Sauerkraut und Würstchen. Ich liebe deutsches Essen."

„Und zu trinken?"

„Pils. Die Deutschen können gutes Bier brauen."

„Okay. Den Wodka lassen wir dieses Mal aber weg. Wo wohnst du eigentlich?"

„In einer Pension in Brohl."

„Pension? Hast du keine eigene Bude?"

„Habe ich dir doch gestern erzählt. Ich komme aus Kalimbistan, bin zu Besuch hier."

„Der jecke Tag von gestern ist vorbei. Sag die Wahrheit!"

„Das ist die Wahrheit."

Rita schüttelte den Kopf, stand auf, holte ihr Smartphone, das auf der Fensterbank lag, schaltete es ein, ging zu ‚Google Maps'.

„So, wo ist das denn? Habe ich noch nie gehört."

„Liegt im Himalaya, in Nepal, nordwestlich, direkt an der Grenze zu Tibet."

Rita tippte Tasten, gab ‚Nepal/Tibet' ein in die Suchleiste. „Find ich nicht", sagte sie nach einer Weile.

„Du musst vergrößern. Das ist ein Zwergstaat."

Sie bearbeitete mit dem Zeigefinger das Display. „Tatsächlich", entfuhr es ihr nach mehrmaligem Tippen und Verschieben der Karte. „Das gibt es ja wirklich!"

„Sag ich doch. Mein Vater ist da Präsident. Mich hat er für einen Monat nach Deutschland geschickt, damit ich sehen kann, wie gut ich es in Kalimbistan habe. Wir leben dort in einem Palast."

Rita schüttelte den Kopf. „Das wird ja immer doller! Bald glaube ich, dass man wirklich mit einem Teppich fliegen kann."

Selim schwieg dazu. Er hatte genug verraten.

„Und was machst du in diesem Kalimbistan?"

„Nichts. Ich warte, bis der Vater das Zeitliche segnet. Dann muss ich regieren. Aber die werden bei uns alle über hundert Jahre alt."

„Nichts. Das geht doch gar nicht. Irgendwas musst du doch machen. Wo hast du überhaupt Deutsch gelernt?"

„Wir haben eine gute Schule mit trefflichen Lehrern."

„Und sonst? Du lernst doch nicht den ganzen Tag Deutsch."

„Ab und zu fliege ich nach unten ins Dorf, gehe über den Markt oder in eine Kneipe."

„Fliegen? Ihr habt einen Hubschrauber?"

„Ja, so ähnlich. Außerdem habe ich vier Frauen, um die ich mich kümmern muss."

„Vier?"

„Ja. Wenn du möchtest, kannst du gerne mitkommen."

„Als fünftes Rad am Wagen? Du spinnst wohl!"

„Der Vater hat dreizehn. Vier ist nicht viel."

Rita tippte sich an die Stirn. „Entweder bist du auf den Kopf gefallen oder verarschst mich hier gewaltig. Aus dem Essen heute Abend wird nichts. Ich bestelle dir jetzt ein Taxi und dann ab die Post. Wohin auch immer."

„Schade", meinte Selim. „Eigentlich bist du eine ganz muntere, sympathische Frau. Aber wenn du mir nicht glaubst, kann ich nichts dagegen machen."

16

Gegen Mittag kam er in Brohl an, zahlte, stieg aus dem Taxi. Vor der Haustür, als er eine innere Tasche des Kaftans durchsuchte, bemerkte er, dass er den Schlüssel vergessen hatte. Der musste noch im Haus sein. Er klingelte. Karin Wagner kam, öffnete. Sie steckte in einem weißen Bademantel.

„Da haben Sie aber Glück gehabt", sagte sie. „Ich war gerade dabei, in die Badewanne zu steigen. Fritz ist zum Einkaufen gefahren."

Sie musterte Selim mit einem kritischen Blick. „Die Nacht war schön?" fragte sie.

„Geht so", antwortete er. „Die Dame ist zu früh eingeschlafen."

„Oh! An Ihnen wird das nicht gelegen haben. Wie alt war sie denn?"

„Weiß ich nicht genau. Ich schätze um die sechzig."

„Im Alter Ihrer Mutter?"

„Nein. Meine Mutter ist jünger."

„Herr Kalimba, wollen Sie sich nützlich machen?"

„Ja. Womit denn?"

„Sie könnten mir den Rücken abschrubben. Normalerweise macht das mein Mann. Aber er ist nicht da."

„Ich weiß nicht. Ich glaube, er hätte etwas dagegen. Ich möchte keinen Ärger mit ihm haben."

„Er erfährt nichts davon. Wirklich nur den Rücken."

„Das schaffe ich nicht. Sie sind eine reife, noch schöne Frau."

„Danke für das Kompliment. Um so mehr Vergnügen müsste es Ihnen bereiten."

„Nein, Frau Wagner. Ich bedanke mich für Ihr Vertrauen, aber es geht nicht. Ich möchte Ihrem Mann nicht in den Rücken fallen."

„Schade. Dann muss ich warten, bis Fritz kommt."

„Ja bitte! Tun Sie das! Entschuldigen Sie, ich muss jetzt auf mein Zimmer."

Er murmelte etwas auf Nepali.

„Kahrolasi günaha! Neler oluyor burada?" – Verdammte Versuchung! Was ist hier los?

Dann eilte er, zwei Stufen auf einmal nehmend, nach oben.

17

Eine Stunde später stand er mit Fritz Wagner auf der Terrasse, rauchte eine Shishoka-Pfeife.

„Du warst über Nacht weg?" begann Wagner das Gespräch.

„Ja. Aber bevor du weiter fragst: Die Dame ist vorher eingeschlafen. Wir hatten in der Weinstube zuviel getrunken."

„Trinkt heute weniger. Vielleicht klappt es dann."

„Nein. Sie hatte mich für heute Abend eingeladen und danach wieder ausgeladen. Sie fühlt sich auf den Arm genommen, glaubt nicht, dass ich aus Kalimbistan komme. Irgendwie ist das hier kompliziert mit den Frauen. Bei mir zu

Hause ist das einfacher. Da gibt es so ein Theater nicht."

„Wem sagst du das!? An die letzte gemeinsame Nacht mit Karin kann ich mich gar nicht mehr erinnern. Seit acht Jahren schlafen wir getrennt. Weil ich schnarche. Ich wäre gestern gerne mitgekommen."

„Dann komm doch nach Kalimbistan mit, wenn ich zurückfliege. Ich habe vier schöne Frauen."

„Braucht man dafür ein Visum?"

„Für den Besuch bei uns, meinst du?"

„Ja, natürlich."

„Nein, du brauchst kein Visum. Das ist ganz unkompliziert."

„Karin wird das verbieten. Da lässt sie mich eher in die Weinstube."

„Setz dich doch einfach mal durch!"

„Das sagt sich so leicht. Danach habe ich nur Ärger. Meine Ruhe ist mir lieber. Das bisschen einkaufen, für Ordnung in Haus und Garten sorgen, macht mir nichts."

„Dann musst du auf gewisse Freuden verzichten. Eigentlich bist du noch jung genug. Bei uns in Kalimbistan hört der Trieb erst mit hundert auf. Unser

Gründervater hat noch mit 102 für Nachwuchs gesorgt."

„Ihr habt wahrscheinlich eine viel gesündere Lebensweise und weniger Stress. Hier werden nicht wenige Männer bereits mit vierzig impotent und müssen sich mit blauen Pillen behelfen."

„Blaue Pillen? Was ist das?"

„Verhindern die erektile Dysfunktion."

„Seltsam!" Selim schüttelte den Kopf. „Bei uns wird das durch die Frauen verhindert."

18

In seinem Zimmer hatte Selim auch einen eigenen Fernsehapparat stehen. Aber nach einigen Tagen hatte der ihn nicht mehr interessiert. Krimis, seichte Familiengeschichten, alberne Talkshows, Klatsch, aufdringliche Werbung für Dinge, die ihn nichts angingen und die er nicht haben wollte. Und dann immer wieder im fast stündlichen Stakkato, die ernst und im seriösen Predigtton vorgetragenen Nachrichten, als handele es sich um das Wort Gottes. Krieg, Manifest für eine feministische Außenpolitik, Viren,

Energiekrisen, Inflation, Katastrophen, egal wo auf dem Globus. Färbte das nicht auf die Menschen ab, wenn man sich dem täglich auslieferte? Machte es sie nicht ernst und sorgenvoll, bedrückte das Gemüt, machte unglücklich? Bestand nicht der Sinn des Lebens eher darin, glücklich zu sein? In Deutschland schien man das verhindern zu wollen. Mit Verboten, Regulierungen, negativen Nachrichten. Verwundert hatte er zugehört, als Fritz ihm erzählte, dafür müsse man Gebühren bezahlen. Sobald man in Deutschland wohne, könne man dem nicht entkommen. Selbst wenn man keinen Fernseher hätte.

„Wie das denn?" hatte Selim gefragt.

„Dann sagen sie, man könne ja auch online gucken, mit dem Computer oder dem Smartphone. Um jeden zwangsverpflichten zu können, haben sie das so eingerichtet. Du hast es ja gesehen. Die haben hier alle, schon im zartesten Alter, so ein Gerät, legen es selbst beim Essen oder Trinken nicht aus der Hand, haben es nachts unterm Kopfkissen, damit sie keine Nachricht verpassen. Du kannst den Gebühren nicht entgehen, selbst wenn du dir im Wald eine Hütte errichtest, was natürlich verboten ist, und dort bei größter

Kargheit und Einschränkung wie ein Einsiedler lebst. Ich weiß nicht, wie es bei euch in Kalimbistan ist."

„So nicht", hatte er geantwortet. Wir haben keine Fernsehapparate. Ich glaube, ich weiß jetzt, warum mein Vater sie verboten hat. Wir haben mehr Freiheit und sind zufriedener. "

„Mag sein", hatte Fritz gemeint. „Bis auf die Frauen. Sie scheinen euer Eigentum zu sein."

„Die sind aber auch zufrieden und glücklich", hatte Selim dagegen gesprochen. „Wir behandeln sie respektvoll, erfüllen ihnen jeden Wunsch, weil wir wissen, dass nur eine glückliche Frau den Mann glücklich machen kann. Wenn du glaubst, dass sie wie in einem alten türkischen Harem gefangen sind, täuschst du dich. Sie nehmen an allem teil, fahren mit dem Sessellift ins Dorf, machen mehrtägige Ausflüge. Die meisten kommen wieder zurück, weil es ihnen bei uns gut geht. Kommt eine nicht zurück, finden sich zehn andere, die in Kalimbistan leben wollen. Will uns eine verlassen, kann sie das ohne Probleme und Vorhaltungen tun. Wir werden nicht wie ihr hier von nur einem Weib tyrannisiert.

Das widerspricht der Ehre des Mannes und ist schändlich. Unsere Art, so zu leben hat auch den Vorteil, dass wir Anhaftungen und Leid verhindern. Werden wir von einer Frau verlassen, haben wir zum Trost noch andere. Ihr mögt das unmoralisch finden, es ist aber sehr angenehm."

„Karin hält dich für einen fürchterlichen Macho", sagte Fritz.

„So? Tut sie das?"

„Ja. Seit du von der Altweibernacht zurückgekommen bist, kritisiert sie viel an dir."

„Würde sich von mir aber den Rücken abschrubben lassen."

„Mag sein. So wie sie dich anfangs angeguckt hat. Da könnte ich ja glatt eifersüchtig werden."

„Musst du nicht. Ich rühre sie nicht an."

„Bist du eigentlich schon mal verliebt gewesen bei diesem seltsamen Spiel?"

„Bin ich immer. Zur Zeit ist es am heftigsten bei Celine. Sie ist als französische Touristin zu uns gekommen, lebt allerdings bei den Frauen meines Vaters."

19

Einmal, als er mit Fritz zum Einkaufen zu ‚Edeka' gefahren war, hörte er ihn im Supermarkt schimpfen.

„Jetzt fangen sie hier auch mit dem Stuss an!"

„Was meinst du?"

„Ach, dieses blöde Gendern! Sie verhunzen einem die Sprache."

„Gendern, was ist das?" fragte Selim.

„Die krampfhafte Bemühung, so zu schreiben und zu sprechen, dass niemand das Gefühl hat, ausgeschlossen zu sein. Bei einer Begrüßung, einer Rede in einer Versammlung zum Beispiel, darfst du nicht sagen: ‚Seid willkommen, liebe Anwesende!' Nein, korrekterweise heißt es: ‚Seid willkommen, liebe Anwesend-Doppelpunkt-innen, liebe Lesben und Schwulen, liebe Queeries!' Jetzt machen sie diesen Blödsinn auch hier."

Fritz zeigte auf ein Schild. ‚Liebe Kund:innen!' „Was ist ein Kund? Ich etwa?"

„Wer kommt auf so eine Idee?"

„Wer wohl!?" knurrte Fritz. „Unsere Feministinnen und Amazonen. Demnächst fordern sie noch, dass man in einer Kneipe nicht mehr ,Zapfhahn' sagen darf, sondern nur noch ,Zapfhuhn'. Habt ihr in Kalimbistan auch so einen Krampf?"

„Nein, kennen wir nicht. Obgleich: Sagt der Mann ,ich', so heißt es ,ben erkek'. Sagt die Frau ,ich', heißt es ,ben kadinim'."

„Geht ja noch", meinte Fritz. „Ist beim Personalpronomen sogar sinnvoll. Es gibt bei euch also ein männliches und ein weibliches Ich?"

„Ja, natürlich. Die Frauen wollen nicht wie Männer sein."

„Das versuchen sie aber hier. Da fühlst du dich dauernd wie auf dem Kriegspfad. Na ja, kann mir jetzt in meinem Alter auch egal sein. Der Trieb ist eingeschlafen, abgestorben, abgetötet, die Hormone ausgewandert."

„Tut mir leid für dich", sagte Selim mitfühlend. „In Kalimbistan bekämen wir das wieder repariert."

„Du weißt doch, dass das nicht geht. Haben wir doch schon drüber gesprochen. Ruhe ist auch etwas Schönes. Ich habe mich damit abgefunden. In den ersten Wochen mit Karin war ich allerdings noch wie ein Kaninchen. Jetzt nicht mehr. Aber reden wir bitte nicht mehr davon. Sonst muss ich Karin noch recht geben, dass du einen schlechten Einfluss auf mich hast."

20

Ab und zu ging Selim in Brohl durch Straßen spazieren, die trostlos waren. Er begegnete kaum Menschen. Selten kam jemand mit einem Hund vorbei, warf einen fragenden, misstrauischen Blick auf den Araber mit dem Teppich. Nur eine etwas freundlichere Frau, die mit ihrem Labrador unterwegs war, rief ihm am Aschermittwoch von der anderen Straßenseite zu: „Schöne Verkleidung! Aber der Karneval ist vorbei."

An diesem Tag ging er die kleine Straße ‚Im Lammertal' hoch, gelangte auf die Höhe, hatte einen Fernblick in die Eifel, folgte den Schildern ‚Himmelsleiter', sah zwischendurch auf den Rhein und landete auf dem Wanderpfad wieder unten in Brohl. Es war ein grauer, nasskalter Tag.

Wehmütig dachte er an den Ausblick, wenn man in Kalimbistan vor dem Palast stand und ins Tal blickte. Weit unten lag der türkisfarbene Poksundo-See mit dem Spiegelbild des verschneiten Kanjiroba-

Massivs. Der See galt als heilig, magisch. An seinem westlichen Rand, gut zu sehen vom Hang aus, lag das malerische, nepalesische Dorf mit seinen bunten Dächern. Bis an den Rand des Dorfes führte der Sessellift, den Abdul, sein Vorfahre, hatte bauen lassen.

Am meisten aber liebte Selim das helle, kristallene Licht unter einem tiefblauem Himmel. Zusammen mit dem türkis-farbenen See, den grünen Wäldern an den Berghängen und den blendenden Schneegipfeln war das eine bezaubernde Komposition, die die Seele dem Himmel entgegenhob. Langsam dämmerte es ihm, warum der Vater ihn in die Verbannung geschickt hatte. Nicht so sehr wegen Celine, sondern um im Kontrast und Vergleich Kalimbistan als Heimat schätzen zu lernen.

Er begann darüber nachzudenken:

„Was mache ich, wenn ich nach dem Tod des Vaters die Regierung übernehmen muss? Ist dieses Kleinod Kalimbistan nicht unbedingt zu erhalten? Was kann ich jetzt schon tun, wenn ich in ein paar Wochen zurückgekehrt bin? Auf keinen Fall werde ich weiter Tag und Nacht auf meinem Fell liegen und nichts tun, außer mich mit

Datteln und Trauben vollzustopfen, Shishoka zu rauchen, Tongba oder Chang zu trinken und mir am Abend eine meiner Frauen zur Gesellschaft zu holen. Zunächst einmal werde ich den Vater bei seinem täglichen Gang durch unsere kleine Siedlung begleiten, sie hat ja nur 380 Einwohner, mit den Menschen sprechen, ihren Anliegen zuhören, sie kennenlernen, damit sie auch mich kennenlernen. Und ich werde Arim bitten, ihn bei den Treffen und Konferenzen in Kathmandu, Lhasa und Thimpu begleiten zu dürfen und mir nach einiger Zeit das Amt eines Außenministers zu geben. Ich will dafür sorgen, nach dem Vorbild des Königs von Bhutan, dass auch die Einwohner von Kalimbistan zufrieden und glücklich sind und bleiben. Auf jeden Fall werden nicht Wirtschaftswachstum und Bruttosozial-produkt der Maßstab aller Dinge sein, so wie es in Deutschland geschieht. Nicht die Wirtschaft soll wachsen, sondern Glück und Zufriedenheit meiner Bürger. Das scheint mir wichtiger zu sein, als materiellen Dingen nachzujagen. Glück und Zufriedenheit sollen ein Quell der Freude werden. Eine gute Regierungs-führung und das Bewahren sinnvoller, bewährter Traditionen sollen die Grundsäulen dazu sein. Denn wohin führt der Zwang des wirtschaftlichen Wachstums? Doch nur zu Sorge, Gier, Unzufriedenheit, Anhaftung, Enttäuschung. Ein immer Mehr an Geld, Waren, Gütern lässt den Menschen unglücklich werden. Am Ende steigt man sowieso mit leeren Händen ins Grab."

21

Die Schule in Kalimbistan würde er reformieren. Zu den Fächern ‚Lesen', ‚Schreiben', ‚Musik', ‚Sport', ‚Schach', ‚Regionalkunde' und Einführung in die Religionen des Islam, des Buddhismus und des Christentums käme eine ‚Philosophie des Glücks'. Die Mathematik würde er ein wenig erweitern. Arim hatte gesagt: „Was braucht ihr groß zu zählen oder Geometrie und Algebra zu betreiben? Die Wörter ‚viel', ‚wenig' und ‚nichts' reichen. Außerdem habt ihr zehn Finger an den Händen. Damit kommt ihr gut durch." Bei ihm, Selim, sollten die Schüler wenigstens bis Tausend zählen können. Und das Addieren und Subtrahieren lernen. Das brauchte man, wenn man im Dorf auf dem Markt etwas einkaufte. Weiter dachte er noch an eine erweiterte Geographie und Geschichte, damit man sich in Kalimbistan nicht für den Nabel der Welt hielt. Ebenso wären Kenntnisse in der Literatur von Nutzen, auch wenn die Literatur eine Verführerin sein konnte. Er sah, dass viel Nachdenken vor ihm lag und die Zeit auf dem Fell beendet war.

22

Als er das nächste Mal mit Fritz zu ,Edeka' fuhr, ging er nach nebenan in den Tabak- und Schreibwarenladen und deckte sich mit Papier und mehreren Stiften ein, um seine Pläne aufzuschreiben. Das würde ihm auch die Zeit auf dem Brohler Zimmer verkürzen.

Eines Nachmittags, als er an seinem Tisch saß und schrieb, klopfte es an die Tür. Er berührte rasch den Teppich, der neben ihm auf dem Boden lag und rief:

„Herein bitte!"

Karin Wagner betrat das Zimmer, sah ihn dort sitzen mit einem Blatt vor sich und dem Stift in der Hand.

„Oh, Sie schreiben?" sagte sie erstaunt, als hätte sie ihn bei einer nie vermuteten Tätigkeit überrascht. Er hob den Teppich auf, legte sich ihn auf den Schoß, sagte:

„Ja. Ich mache mir Gedanken über Reformen in Kalimbistan. Eines Tages werde ich die Regierung übernehmen. Das dauert zwar noch etwas, aber ich will mich jetzt schon einmal vorbereiten."

„Ach, das ist gut!" meinte sie. „Da fällt doch sicherlich der Harem weg."

„Auf keinen Fall!" antwortete er. „Der bleibt. Außerdem ist das kein Harem, sondern eine Lebensgemeinschaft, die den Frauen gefällt und in der sie sich wohlfühlen."

„Sie stehen Ihnen aber jederzeit wie eine Ware zur Verfügung."

„Nein. Wenn sie nicht wollen, müssen sie nicht. Die nächtliche Geselligkeit ist freiwillig. Hat eine Frau keinen Spaß, habe ich den auch nicht."

„Die müssen es in ihrem Palast doch nur aushalten, weil sie arm sind", wandte sie ein. „Das nennt man Ausbeutung."

„Quatsch! Da sind begüterte Mädchen aus der Umgebung dabei. Die hätten es gar nicht nötig. Die haben einfach nur Freude an Gesellschaft und Palastleben. Wenn es einer nicht mehr gefällt, kann sie ohne Probleme gehen. Das kommt aber sehr selten vor. Sie bekommt sogar noch eine großzügige Abfindung."

„Es ist aber unmoralisch, vier Frauen zu haben."

„Auf jeden Fall besser, als über einer verrissenen Ehe zu hocken und geheime Gelüste zu haben."

Karin Wagner errötete und antwortete:

„Habe ich doch gar nicht. Ich liebe meinen Mann und bin ihm treu. Aber wo bleibt bei Ihnen die Liebe, wenn Sie wie ein Schmetterling herumtanzen?"

„Die Frau, die jeweils bei mir ist, liebe ich."

Karin Wagner schüttelte den Kopf.

„Glaube ich Ihnen nicht. Sie verwechseln Liebe mit Vergnügen."

„Ich liebe sie alle Vier. Und eine andere ganz besonders. Sie lebt allerdings bei den Frauen des Vaters."

„Ach nein! Was sind das denn für Verhältnisse! Tauschen Sie etwa?"

„Nein. Aber ich muss Ihnen etwas gestehen. Als der Vater einmal für ein paar Tage weg war, habe ich mich an seiner Lieblingsfrau vergriffen. Eine französische Touristin, die er aus dem Dorf mitgebracht hat. Deshalb…" Selim machte eine kleine Pause und fuhr dann fort: „Deshalb bin ich auch hier, zur Strafe, Verbannung nach Brohl geschickt. Damit ich sehe, wie gut wir es in Kalimbistan haben."

„Verbannung, Strafe. Ist das so schlimm hier?"

„Nein. Sie leben ganz normal, wir eben anders."

Karin Wagner atmete tief durch, errötete wieder, sagte: „Eigentlich bin ich nur gekommen, um Ihnen Bescheid zu sagen. Fritz hat ein Ehrenamt übernommen und trifft sich heute Abend mit dem Bürgermeister."

23

Am Abend rauchte ihm der Kopf vom vielen Nachdenken, was er so noch nicht gewohnt war. Er beschloss, sich ein Taxi zu bestellen und noch einmal die Weinstube aufzusuchen. Außerdem wollte er das Alleinsein mit Karin Wagner vermeiden.

Als er in die Weinstube kam, saß die Blonde mit drei anderen Frauen an einem Tisch. Ein Platz war noch frei.

„Karneval ist schon lange vorbei", rief ihm Rita zu. „Aber komm und setz dich!"

Mit dem zusammengerollten Teppich unterm Arm schob er sich umständlich an den Frauen vorbei auf den freien Platz, streifte einer der Damen mit dem Teppich leicht über die Wange. Sie nahm es humorvoll, meinte: „Das nächste Mal nimmst du bitte die Hand! Was musst du auch mit so einem großen Stück herumlaufen!?"

„Ist mein Talismann", erklärte er. Ich brauche ihn."

„Hättest dir auch einen kleineren zulegen können."

Selim nahm neben der blonden Rita Platz. Die sagte: „Entweder hast du einen Schuss oder bist wirklich ein Prinz." Und zu den anderen Frauen meinte sie: „Der kann einen richtig verwirren. In der Nacht nach Altweiberfastnacht habe ich von einem fliegenden Teppich geträumt und wusste gar nicht mehr, wie ich ins Bett gekommen war. Also hütet euch vor dem!"

„Ach", meinte die, deren Wange er gestreift hatte, „mit Teppichen habe ich kein Problem. Eher mit Männern. Aber der hier ist doch ganz lieb. Wo kommt er eigentlich her?"

„Aus Kam..., Kal..., weiß ich nicht mehr", versuchte Rita sich zu erinnern.

„Kalimbistan. Liegt im Himalaya, in Nepal an der Grenze zu Tibet", erklärte Selim.

„Oh, da wollte ich immer schon mal hin!" schwärmte eine schon ältere Rothaarige.

„Er hat bereits vier Frauen", mischte sich Rita ein.

„Vielleicht will er noch eine Fünfte", scherzte die Rothaarige. „Der ist doch noch jung und schafft das."

Die Frauen lachten. Der Wirt kam aus seinem Umkleideraum, hatte eine blonde Perücke auf und sang das Lied von der ‚Loreley'.

„Mädels, ihr seid lustig", sagte Selim. „Heute Abend seid ihr alle von mir eingeladen. Trinkt, was und soviel ihr wollt!"

„Der ist wirklich ein Scheich!" meinte die Rothaarige.

24

Gegen Mittag kam er in Brohl an. Als er am vergangenen Abend, um eine Pause zwischen dem munteren Damengezwitscher einzulegen, nach draußen gegangen war, um eine Shishoka-Pfeife zu rauchen, war Rita nachgekommen, hatte sich zu ihm gestellt und gesagt: „Du hast zwar einen Schuss, bist aber sonst ein netter Junge. Wir könnten es noch einmal versuchen."

„Gerne", hatte er gemeint. „Wenn du nicht wieder vorher einschläfst."

„Nein. Heute keinen Wodka."

Auf dem Fußweg zu ihr nach Hause hatte sie ihn gefragt: „Wie sind wir denn Altweiberfastnacht ins Bett gekommen? Ich erinnere mich an nichts. Weder an ein Taxi noch an einen Weg zu Fuß. Das ist mir noch nie passiert. Hast du inzwischen eine Erinnerung?"

„Nein. Auch nicht. Das muss am Wodka gelegen haben. Ich weiß nur noch, dass ich mich neben dich gelegt habe und sofort eingeschlafen bin."

In Brohl, als er am nächsten Tag die Haustür aufgeschlossen hatte, kam ihm Fritz entgegen, fragte neugierig: „Na, wie war es dieses Mal. Wieder nur geschlafen?"

Selim legte den Zeigefinger auf die Lippen, lächelte: „Das verrate ich nicht."

„Brauchst du auch nicht. Deinem Gesicht sehe ich an, dass es schön war. Herrgott, wäre ich doch auch noch einmal so jung!"

Selim war froh, dass Fritz ihn empfangen hatte und er nicht wieder Karin alleine gegenüberstehen musste. Die war, wie Fritz Wagner ihm erzählte, noch in der Schule, in Bad Neuenahr, wo sie an einem Gymnasium als Oberstudienrätin unterrichtete.

„Sie wird länger bleiben", hatte Fritz gesagt. „Die haben am Nachmittag eine Fachkonferenz. Patriarchalische Redewendungen ausmerzen."

„Oh", bemerkte Selim, „sie wollen das Wort ‚Vater' durch ein anderes ersetzen?"

„Nein. So weit gehen sie nicht. Obwohl… mich würde nichts mehr wundern. Der feministische Frauenkreis wütet gewaltig. Da wird Teufel komm raus gehobelt, und die Wörter fallen wie Späne in einer Tischlerei. Tja, die haben Themen drauf! Das letzte Mal hatten sie ‚Sexismus im Alltag'. Inzwischen muss man sich dreimal überlegen, was man einer Frau sagt und was lieber nicht.

„Oh!" meinte Selim, da hätte ich gestern Abend in der Weinstube Gelegenheit zu gehabt. Die Damen, bei denen ich saß, haben so einige Bemerkungen gemacht. Aber mir macht das nichts. Ich fand es lustig. Ich bin nicht so empfindlich."

25

Fritz Wagner sah auf die Uhr. „Halb Eins. Früher als in sechs Stunden kommt Karin nicht zurück. Wir könnten etwas zusammen unternehmen. Aber hier gibt es nichts. Die Weinstube macht erst um 17 Uhr auf und die Frauen kommen etwas später."

Selim überlegte. Er könnte Fritz mitnehmen nach Kalimbistan bzw. in das nepalesische Dorf unten. Da war immer was los. Eine halbe Stunde Flugzeit hin, eine halbe zurück. Fritz würde sich hüten, von diesem Abenteuer zu erzählen. Flug auf einem Teppich nach Nepal! Man würde ihm nicht glauben, ihn für verrückt halten. Aber Selim verwarf diese Idee. Der Vater würde davon erfahren. „Wir haben

Selim gesehen. Er war mit einem Deutschen im Dorf", würde es heißen. Arim wäre wütend. „So entzieht er sich also meiner Anweisung, hat nichts dazu gelernt! Fliegt einfach hin und her."

Nein, das ging nicht. Selim hob die Schulter, legte die Stirn in Falten, sagte:

„Tut mir leid. Mir fällt auch nichts ein. Wie sagt ihr hier? Tote Hose, nicht wahr! Spazieren gehen ist langweilig, in einer Kneipe an der Theke hocken und saufen, auch. Karin würde es später an deiner Fahne merken und du hättest ein paar Probleme. Die willst du ja nicht haben, obwohl so ein kleiner Krieg mal ganz gut wäre. Sie würde danach anfangen, dich wieder zu lieben und denken, so leicht lässt er sich doch nicht beherrschen. Er wird interessant!"

„Nein!" wehrte Fritz ab. „Das geht nicht. Ich will meine Ruhe haben."

„Okay", meinte Selim. „Die brauche ich jetzt auch. Die Nacht war anstrengend und das Weib wild. Ich lege mich ein paar Stunden aufs Ohr, muss mich erholen."

„So einen Grund für einen Mittagsschlaf möchte ich auch mal wieder haben", seufzte Fritz. Offensichtlich bin ich im falschen Land geboren."

„Nicht im falschen Land", widersprach Selim. „Du verhältst dich falsch. Das mit deiner Ruhe ist trügerisch. Du musst deiner Frau Theater machen, deinen Willen durchsetzen, bei gleichzeitiger Ansage, dass du sie eigentlich sehr magst."

„Das kannst du mit 32 Jahren veranstalten", warf Fritz Wagner ein. „Ich nicht mehr. Ich werde mich jetzt vor den Fernseher setzen und mir bei Netflix einen Film ansehen."

„Suche dir was Erotisches aus!" schlug Selim vor. „Wenn sie kommt und sieht das, sagst du: ‚Ach, ist das ein schöner, geiler Film! Wie war deine Konferenz?"

„Du spinnst", meinte Fritz. „Dann kann ich die Harmonie des Abends knicken."

26

Zwei Wochen hatte Selim jetzt hinter sich gebracht, saß meistens im Zimmer, machte Aufzeichnungen zu seinen Ideen und Überlegungen. Ab und zu besuchte er am Abend auch die wilde Rita, kehrte am nächsten Tag nach Brohl zurück. Seine Einladung, mit nach Kalimbistan zu kommen, hatte er wiederholt, aber sie hatte nur gesagt:

„Nix, mein Junge, ich bin nicht dein fünftes Rad am Wagen! War schön mit dir, auch wenn ich immer noch nicht weiß, wie ich Altweiberfastnacht nach Hause gekommen bin."

Einmal bekam er auch einen Streit bei der Familie Wagner mit. Fritz hatte ihm an einem Nachmittag die Haustür geöffnet, weil er wieder mal den Schlüssel vergessen hatte. Selim war noch nicht die Treppe hoch, blieb auf einer mittleren Stufe stehen, als er Fritz Wagner sagen hörte:

„Der hat es gut. Der kommt voll auf seine Kosten. Lass mich doch wenigstens mit ihm in die Weinstube."

„Untersteh dich!" schimpfte Karin Wagner ziemlich laut. „Gegessen wird hier!"

„Verhungert auch", hatte Fritz geantwortet.

Danach hörte Selim einen Aufschrei. „Aua!" Karin musste ihm etwas an den Kopf geworfen haben.

In der vierten Woche beendete Selim seine Aufzeichnungen mit einem ‚Manifest für eine vernünftige Regierung'. Das würde er dem Vater vorlegen. Der konnte dann sehen, dass die Zeit in Deutschland nicht nutzlos verstrichen war. Das abschließende Manifest enthielt 24 Punkte, die wir hier wiedergeben, damit sie der Welt nicht verloren gehen:

1) Der Präsident wandert jeden Morgen durch die Siedlung, erkundigt sich bei allen nach dem Wohlbefinden.

2) Die Digitalisierung ist zu verhindern. Sie führt zu einer Entpersönlichung, Manipulation und ist Einfallstor für Kriminalität. Es bleibt beim persönlichen Kontakt.

3) Der Tourismus ist nicht zu fördern. Verirrt sich jedoch jemand nach Kalimbistan, ist er willkommen.

4) Frauen werden liebe- und respektvoll behandelt. Das Gleiche haben sie auch den Männern zu erweisen. Einen Kriegspfad für Feministinnen und Amazonen gibt es nicht.

5) Gendern ist verboten, ein Herumfummeln an der Sprache ausgeschlossen.

Sprache entwickelt und verändert sich natürlich und nicht gemäß der Forderung verrückter Frauen. Es gibt keine ideologische Umerziehung. Der Zapfhahn bleibt ein Zapfhahn und wird nicht zum Zapfhuhn.

6) Der Austausch mit dem nepalesischen Dorf ist zu erweitern. Der Sessellift wird durch eine komfortable Seilbahn ersetzt.

7) Gerät ein Bürger unerwartet in finanzielle Not, hilft ihm die Staatskasse großzügig.

8) Jeder Bürger erhält monatlich ein Einkommen, egal, wieviel er sich durch eigene Anstrengung dazuverdient.

9) Die diplomatischen Beziehungen zu den Nachbarstaaten sind zu intensivieren. Ebenso die zu den weiter entfernt liegenden Ländern. Frauen aus Kalimbistan dürfen Außenministerinnen werden, weil sie die Gesten der Freundlichkeit besser umsetzen können.

10) Lebensform und Religion sind frei wählbar. Wer sich für die Monogamie entscheidet, darf dies tun. Wer sich die Gemeinschaft mit mehreren Frauen leisten kann, darf das ebenfalls. Vielmännerei ist allerdings verboten, da Männer streitlustig sind und es leicht zu Disharmonien kommen kann.

11) Der Unterricht in der Schule hat sich hauptsächlich an der Philosophie des Glücks zu orientieren. Unsinnige, lebensfremde Richtlinien gibt es nicht.

12) Im Sinne der Gemeinschaft wird die Zahl der Feiertage von fünf auf zwanzig im Jahr erhöht.

13) Bierbrauen, Destillieren und Tabakanbau werden staatlich gefördert. Ebenso der Anbau von Hanf.

14) Einladungen an ausländische Folkloregruppen ergehen häufiger.

15) Das Gesundheitssystem orientiert sich an tibetischen Heilpraktiken. Eine Diktatur der Pharmaindustrie ist zu verhindern.

16) Der Besitz eines Smartphones ist nur dem Präsidenten und seinen Ministern erlaubt. Jeder Bürger bekommt jedoch einen kostenlosen Festnetzanschluss.

17) Fernsehgeräte mit dem beschränkten Programm der Umgebung dürfen angeschafft werden. Eine Gebühr fürs Gucken wird nicht erhoben.

18) Kommt es irgendwo in der Welt zu einem Krieg, erklärt Kalimbistan seine strikte Neutralität, ist aber zur Vermittlung und Friedensstiftung bereit.

19) Der Forschungszweig der Virologie wird verboten, damit die Bürger nicht durch täglich neu entdeckte Viren erschreckt werden.

20) Eine Redaktion für eine Lokalzeitung ist einzurichten. Ebenso eine Druckerei. Es herrscht Pressefreiheit, weil glückliche und zufriedene Bürger gegen Medienunsinn immun sind. Jeder Bürger hat freien Zugang zur Palastbibliothek und darf sich unentgeltlich Bücher ausleihen.

21) In Kalimbistan ist eine Tanzbar zu eröffnen, damit die Bürger nicht immer runter ins nepalesische Dorf müssen und die Seilbahn nicht 24 Stunden in Betrieb sein muss.

22) An Klimaschutzbemühungen und Investitionen beteiligen wir uns nicht, da wir wissen, dass der angebliche Klimawandel an einer veränderten elliptischen Laufbahn der Erde um die Sonne liegt und nicht am Kohlendioxid.

23) Demokratische Wahlen sind überflüssig, da der Präsident anders als sonst in der Welt philosophisch und ethisch orientiert ist und uneigennützig handelt. Er regiert auf Lebenszeit. Die Nachfolge wird durch Erbschaft geregelt, wobei erlaubt ist, dass eine kluge Tochter des Präsidenten die Regierung übernehmen kann.

24) Das Manifest bleibt offen für Korrekturen, die uns die Erfahrung des praktischen Lebens auferlegen könnte.

27

Als der Tag des Abschieds gekommen war, bedankte sich Selim bei seiner Pensionsfamilie. Fritz Wagner bot ihm an, ihn nach Frankfurt zum Flughafen zu bringen.

„Nicht notwendig", sagte Selim. „Ich starte von da, wo ich gelandet bin."

Unter den erstaunten Blicken der Wagners öffnete er die Terrassentür, ging in den Garten, breitete auf dem Rasen den Teppich aus, setzte sich in die Mitte, zog den Reisesack zu sich, winkte den Beiden, die von der Terrasse aus zusahen, beugte sich mit den Lippen zum Teppich hin, murmelte das Kennwort „Lütfen hizmet edin!" – Bitte, diene mir - und gab als Ziel „Kalimbistan" an.

Sogleich hob sich der Teppich in die Luft und entschwand so schnell, dass die Wagners ihm nicht nachsehen konnten.

„Karin, kneif mich!" sagte Fritz. „Das kann ich nicht glauben."

Wagners Frau hatte die Augen aufgerisssen, starrte auf den Rasen.

„Er ist tatsächlich weg, saß eben doch noch da! Kann das sein, Fritz?"

„Ungeheuerlich! Wirklich ungeheuerlich!" murmelte der. Schweißperlen bildeten sich auf seiner Stirn. Er tupfte sie mit einem Taschentuch weg und stieß hervor:

„Erzählen können wir das niemandem. Das glaubt uns keiner. Man würde uns für verrückt halten und ins Irrenhaus stecken."

Nach einer Weile kamen beide etwas zur Ruhe.

„Jetzt weiß ich auch", sagte Karin, „warum der den Teppich immer gehütet und bei sich getragen hat. Wielange der wohl bis Kalimbistan braucht?" überlegte sie. „Zum Himalaya ist es weit."

„So rasch, wie der verschwunden ist, keine Stunde", meinte Fritz. „Unsere ,Lufthansa' ist dagegen ein lahmes Luftschiff. Und so ganz lautlos war es. Magisch. Einfach magisch. Ich mag es immer noch nicht glauben."

Beide gingen kopfschüttelnd ins Haus, ins Wohnzimmer. Karin öffnete dort den Barschrank, holte eine Flasche Gin heraus, betrachtete sie.

„Wenn die jetzt leer wäre, und ich hätte sie eben erst getrunken, könnte ich mir erklären, was ich gesehen habe. Die

Flasche ist aber noch voll. Es war also keine Halluzination. Ich genehmige mir jetzt ausnahmsweise ein Glas."

„Für mich bitte auch", bat Fritz. „Und bring zwei Gläser mit. So etwas habe ich mein Lebtag noch nicht gesehen. Hebt sich auf einem Teppich in die Luft und ist weg."

Beide setzten sich nebeneinander auf das Sofa, leerten ihr Glas in einem Zug. Fritz schüttete Gin nach.

„Weißt du", meinte er, „was das Allerschlimmste ist? Wir dürfen niemandem von diesem Ereignis berichten! Wir sind zum Schweigen verurteilt, können es uns nur gegenseitig erzählen, weil wir es beide gesehen haben."

28

Mit dem Sonnenuntergang landete Selim vor dem Palast in Kalimbistan. Abgeflogen in Brohl war er mittags. Wieder hatte der Flug nur eine halbe Stunde gedauert. Dass jetzt in Kalimbistan die Sonne unterging, lag an der Zeitverschiebung. Kalimbistan war der

deutschen Zeit um fast fünf Stunden
voraus.

Ein paar Minuten blieb er noch auf dem
Teppich sitzen, atmete die frische, würzige
Luft des Himalaya tief ein. Dann stand er
auf, ging die kurze Strecke bis zur
Landesgrenze am Hang, blickte nach
unten auf den See, in dem sich ein von der
Sonne golden leuchtender Schneegipfel
spiegelte. Am Rand des Sees waren die
Dächer des Dorfes in ein sanftes Licht
getaucht. Der Himmel war von einem
transparenten, durchsichtigen Violettblau,
das wie ein zarter Seidenvorhang wirkte.
Bald würde es dunkel sein, die Sterne
aufflammen und funkeln wie tausend
Diamanten.

Er ging zurück, nahm den Reisesack,
trat in den Palast, begab sich zum Salon
des Vaters. Der hockte mit gekreuzten
Beinen wie ein Buddha auf bunt gewirkten
Polstern, hatte eine Schale Tee vor sich, sah
ihm entgegen. Neben ihm saß Celine.

Selim ging zu ihm, verbeugte sich,
sagte: „Selamlar, Peder! Iste yine
buradayım." – Sei gegrüßt, Vater! Hier bin
ich wieder.

Arim nickte. „O zaman hos geldiniz!" –
Dann sei willkommen!

Selim grüßte auch Celine, bemerkte dabei, wie ihm das Herz klopfte.

„Nun, mein Sohn", fragte Arim, „was hast du mir zu berichten?"

„Oh, es war gut, mich nach Deutschland zu schicken. Ich weiß jetzt, wie schön es hier ist und ich habe mir viele Gedanken gemacht. Diese habe ich aufgeschrieben und in einem Manifest zusammengefasst. Möchtest du es sehen?"

„Ja, zeige es mir, damit ich die Art deines Denkens kennenlerne. Setz dich neben mich und lasse dir nach deiner Reise eine Schale Tee geben."

Arim griff zu einem Schellenglöckchen, bimmelte dreimal hintereinander. Hakim, der Diener und Sekretär, erschien.

„Sayin Baskan?" – Herr Präsident?

„Bring Selim bitte eine Schale Chai Masala!" Chai Masala war ein mit Milch und Honig zubereiteter Tee, der zudem noch etwas Kardamon, Zimt und Ingwer enthielt. Damit begrüßte man in Kalimbistan jemanden, der von einer weiten Reise zurückgekommen war, und hieß ihn willkommen.

Selim öffnete den Reisesack, zog das Manifest heraus, reichte es dem Vater.

Arim las es, sagte schließlich: „Sehr gut, mein Sohn. Du scheinst endlich verstanden zu haben, wie wir hier leben wollen. Aber was willst du jetzt tun? Mit dem Schreiben allein ist es nicht getan."

„Ich werde dich bei deinem morgendlichen Gang zu unseren Bürgern begleiten und auch zu den Konferenzen. Ich werde zuhören, lernen und dann bitte ich dich, mir das Amt eines Außenministers anzuvertrauen."

Arim nickte zustimmend. „Das hört sich sehr weise an. Ich sehe, du hast dich gewandelt und du sollst dafür belohnt werden. Ich wusste, dass du heute zurückkommst. Deswegen sitzt Celine neben mir. Sie hat den Wunsch geäußert, zu deinen Frauen wechseln zu dürfen. Ich werde dem, auch wenn es mir nicht leicht fällt, stattgeben. Morgen gibt es ein großes Fest für ganz Kalimbistan."

„Tesekkürler, baba!" – Danke, Vater! Selim sprang auf, umarmte erst Arim, dann Celine.

„Bunu hak ettin, sonunda aklın basına geldi!", sagte Arim. – Du hast es dir verdient, bist endlich vernünftig geworden.

*

www.ruediger-schneider.net